LOS CINCO

HISTORIAS CORTAS

UNA TARDE
PEREZOSA

D1292919

Los Cinco

Tim   Ana   Dick   Julián   Jorge

Título original: A LAZY AFTERNOON
Texto © Enid Blyton, 1956
Ilustraciones © Jamie Littler, 2014

La firma de Enid Blyton es una marca registrada de Hodder & Stoughton Ltd
Texto publicado por primera vez en Gran Bretaña en la revista anual de Enid Blyton - No. 3, en 195
Edición original publicada en Gran Bretaña por Hodder Children's Books, en 2014

© de la traducción española:
EDITORIAL JUVENTUD, S. A., 2014
Provença, 101 - 08029 Barcelona
www.editorialjuventud.es
info@editorialjuventud.es
Traducción de PABLO MANZANO
Primera edición, 2014
ISBN 978-84-261-4095-1
DL B 10905-2014
Núm de edición de E. J.: 12.807
Printed in China

Enid Blyton

UNA TARDE PEREzOSA

Ilustrado por **Jamie Littler**
Traducción: **Pablo Manzano**

EJ
editorial juventud
Barcelona

Historias Cortas de Los Cinco

Encontrarás en la última página
de este libro la lista completa de
Las Aventuras de Los Cinco

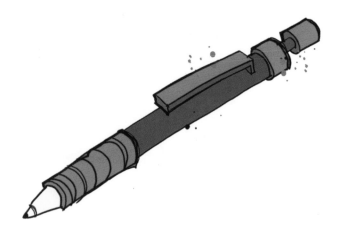

Índice

CAPÍTULO UNO

–¡Qué calor! –dijo Julián abanicándose con un papel–. ¿Qué vamos a hacer esta tarde?

–Nada –respondió Dick–. Creo que voy a derretirme. Hace **demasiado calor** incluso para nadar.

–**No hagamos nada por una vez** –dijo Jorge–. Si alguien propone un paseo o montar en bicicleta con este calor, me pondré a gritar.

–**¡Guau!** –dijo *Tim*.

–Está proponiendo un paseo –tradujo Ana riéndose–. **¡Grita, Jorge!**

–**No se puede gritar con este calor** –dijo Jorge–. Propongo buscar un sitio fresco y con sombra, leer un rato o echar una cabezada hasta la hora de la merienda.

–¡Guau! –ladró *Tim* apenado, sin estar de acuerdo.

–Pues venga –dijo Julián–. Vamos a ese **bosquecillo** que conocemos, a la sombra de los árboles, cerca del arroyo. **¡Es muy agradable!**

–En fin, supongo que puedo caminar hasta allí –dijo Dick.

Y echaron a andar a paso lento, incapaces de seguirle el ritmo al enérgico *Tim*.

–Veo corretear a *Tim* y ya me da calor –se quejó Dick–. Me da calor incluso cuando lo oigo resoplar como una vieja locomotora. ¡Guarda la lengua, *Tim*, no puedo mirarte!

CAPÍTULO DOS

Tim corría delante. Estaba feliz porque creía que habían salido a pasear. **Vaya decepción** cuando vio que los otros **se tumbaban** en un claro, a la sombra de los árboles, cerca de un arroyo. Se detuvo y los miró con disgusto.

–Lo siento, *Tim*, **nada de paseos** –dijo Jorge–. Ven y échate aquí con nosotros. Y por favor, **no te pongas a cazar conejos** con este calor.

–Perderías el tiempo, *Tim* –dijo Dick–. Todos los conejos cuerdos están durmiendo la siesta en sus madrigueras, esperando el atardecer para salir.

–¡Guau! –se mofó *Tim*, mientras los veía arrellanándose entre los arbustos.

Las ramas de los árboles cercanos pendían sobre ellos, y ni un rayo de sol podía alcanzarlos. Hasta era **difícil verlos**, pues **estaban bien escondidos** entre **los arbustos.**

–Aquí se está mejor –dijo Jorge–. No creo que haya un lugar más fresco que este. ¡Y qué agradable el borboteo del agua entre las piedras! Creo que voy a dormir un rato. No me molestes, *Tim*, o te enviaré a casa.

Tim dejó caer la cola, mientras miraba a sus **cuatro amigos descansando, escondidos.**

¿Qué gracia tenía venir al bosque para tumbarse y no hacer nada? ¡Él quería **ir a cazar conejos!** Así que dio media vuelta, salió de entre los arbustos y desapareció.

Jorge lo siguió con la mirada.

–Al final se ha ido a cazar –dijo–. Bueno, espero que recuerde dónde estamos y regrese a la hora de la merienda. ¡Ahora, a pasar una **tarde tranquila**, apacible y perezosa!

–No hables tanto –dijo Dick, y recibió una patada de Jorge en el costado.

–¡Oh, creo que me voy

a dormir!

CAPÍTULO TRES

En pocos minutos todos se **quedaron dormidos**.

Los libros estaban desparramados en el suelo.

Un pequeño escarabajo recorría la pierna de Ana, y ella **no se dio** ni cuenta.

Un petirrojo se posó sobre una rama, encima de Dick, pero él tenía los ojos cerrados **y no lo vio**.

Era una tarde muy calurosa. **No** había **un alma** por ninguna parte. **Ni un ruido.** Solo se oía el agua susurrante del arroyo

y un pajarillo que no paraba de trinar. Los cuatro **dormían profundamente**, como si estuvieran en la cama.

De repente empezó a oírse **una moto** que se acercaba por la carretera. Era una moto con sidecar y **muy ruidosa.**

Pero los
cuatro chicos
no **oyeron nada**.

Tampoco oyeron
que la moto redujo
la velocidad y **entró
en el bosque**

por un camino
de hierba con muchas
curvas.

Ahora la motocicleta ya no hacía

tanto ruido, pues iba cada vez más despacio.

Se acercaba al claro del bosque donde
los niños dormían **escondidos**
entre los arbustos.

Al llegar allí, el motor hizo un ruido parecido a una *tos*, y entonces Julián se despertó asustado.

¿Y ese ruido? Aguzó el oído, pero ya no se podía oír nada, **pues la moto se había detenido**.

Julián cerró los ojos de nuevo, pero volvió a abrirlos en seguida, **al oír unas voces.** Eran voces bajas. Alguien debía de andar cerca. Pero ¿dónde? Julián deseaba que nadie los molestara en su escondite. Se asomó entre los arbustos **para espiar a través de ellos.**

CAPÍTULO CUATRO

Julián vio **la moto con un sidecar** aparcada sobre la hierba, a una cierta distancia, y a **dos hombres**. Uno de ellos se estaba apeando del sidecar. A Julián no le gustó nada el aspecto de esos dos tipos.

Los cuatro **se asomaron a través de los arbustos** para ver qué pasaba.

En el suelo, junto a la motocicleta, vieron algo que parecía **una cartera de correos**.

–¿Qué van a hacer con eso? –susurró Jorge–. ¿Vamos a por ellos?

–Es lo que haría si *Tim* estuviera aquí –dijo Julián–. Pero se ha ido a cazar conejos y debe de estar **muy lejos**.

–Y sin su ayuda no podríamos detener a esos malhechores –añadió Dick–. **Es mejor que no nos vean**. Solo nos queda observar.

CAPÍTULO CINCO

–Espero que podamos ver dónde esconden eso,
sea lo que sea –susurró Ana–. ¡Allá van con la
cartera!

–**¡Los veo!** –dijo Dick excitado, olvidándose de hablar en voz baja–. **¡Están subiendo a un árbol!**

–Sí, uno ya está arriba y el otro **le está pasando la cartera** –susurró Julián–. Deben de haber encontrado **un tronco hueco**. ¡Oh, si *Tim* estuviera aquí!

–Ahora el otro también está subiendo –dijo Jorge–. Quizá su socio necesita ayuda. **La bolsa debe de estar atascada.**

Los dos hombres estaban en el árbol, tratando **de meter** la cartera en un **hueco**. Entonces se oyó **un ruido sordo**, como si **la bolsa hubiera caído**.

–¡Si *Tim* estuviera aquí! –repitió Julián–. Es desesperante **no poder hacer nada**. ¡No podemos enfrentarnos a esos hombres!

A continuación oyeron **un correteo desenfrenado**, y luego un ladrido que les resultaba familiar. **¡Guau!**

–¡Es Tim! –gritaron Julián y Jorge a la vez. Julián se levantó de un salto y salió del escondite–. ¡Jorge, **dile que vigile el árbol!** ¡Rápido!

CAPÍTULO SEIS

–¡*Tim*, **al árbol!** ¡**Corre!** –gritó Jorge,
y *Tim* echó a correr hacia el árbol donde
los dos hombres, horrorizados, miraban
hacia abajo.

Tim lanzó un
gruñido

ATERRADOR.

Y uno de los hombres,
que estaba a punto de
bajar, se estremeció.

–¡Llevaos a este perro!

–gritó–. ¿Qué estáis haciendo?

–¿Qué estáis haciendo vosotros? –replicó Julián–. ¿Qué lleváis en esa cartera?

–¿Qué cartera? ¿De qué

habláis? ¡Estáis locos! **¡Llevaos a este perro o llamaré a la policía!** –gritó el hombre.

–¡Nosotros la llamaremos! –dijo

Julián–. Vosotros os quedaréis en el árbol hasta que venga la policía. Si intentáis huir, lo lamentaréis. **¡No sabéis cómo muerde** este perro!

Los hombres estaban **tan furiosos** que no podían hablar. *Tim* **ladraba** muy fuerte y no **paraba de saltar** para alcanzarlos.

Julián se volvió
hacia los otros.

–Id a la carretera
y parad un coche que os
lleve hasta la comisaría.
Decidle a la policía que
venga. ¡Rápido!

Pero antes de que partieran, se oyeron **dos motos** que se acercaban por el camino del bosque. Julián se quedó en silencio. ¿Más delincuentes? En ese caso, *Tim* sería de gran ayuda. Julián y los otros miraron detrás de los árboles para ver quiénes se acercaban.

CAPÍTULO SIETE

–**¡Son dos policías!** –gritó Dick al reconocer los uniformes–. Deben de ser **los que perseguían a esos tipos**. ¡Seguramente alguien los vio entrar en el bosque!

   –**¡Oigan, nosotros podemos ayudarlos!**

Los dos policías, sorprendidos,
detuvieron las motos delante del sidecar.

–Chicos, ¿habéis **visto** a **dos hombres con una cartera?**

–gritó uno de ellos.

–Sí, están subidos en **un árbol**, allá, **y nuestro perro los está vigilando** –respondió Julián–. ¡Han llegado justo a tiempo!

–¡Buen trabajo! –dijo el policía sonriente, al ver a los dos hombres en el árbol y a *Tim* **que les seguía ladrando–**. ¿La cartera también está allá arriba?

–Abajo, en el hueco del árbol –respondió Julián.

–Gracias por hacer nuestro trabajo –dijo el otro policía–. Hemos pedido refuerzos y ya están en camino. –Miró a los dos hombres en el árbol–. ¿Qué pasa, Jim y Stan, pensabais que ibais a engañarnos, verdad? ¿Os vais a entregar o tendremos que pedirle ayuda al perro para daros caza?

71

CAPÍTULO OCHO

Jim y Stan miraron al **perro** que les seguía
ladrando.

–Nos entregaremos –dijeron.

Luego llegaron tres policías más en sus
motocicletas, y no hubo ningún problema.

Jim y Stan se fueron escoltados por la policía, mientras **Tim** **les soltaba** **un último** **ladrido** y los chicos observaban a las motos y el sidecar que se alejaban por el camino del bosque rumbo a la carretera.

–Bueno, la idea era venir a tomar el fresco **y no hacer nada**. Ahora tengo más **calor** que antes.

–¡Guau! –dijo *Tim* con la lengua colgando casi hasta el suelo. Parecía que él también tenía calor.

–Eso te pasa por ir a cazar conejos –le dijo Jorge–. ¡No me extraña que estés agotado!

–Por suerte se ha ido de cacería –observó Dick–. Si hubiera estado aquí con nosotros habría ladrado, y esos hombres hubieran sabido que estábamos aquí y se habrían marchado a otro sitio para esconder sus cosas. No habríamos visto nada sospechoso, y no habríamos podido atraparlos.

–Sí, es cierto –dijo Jorge dándole una palmada a *Tim*–. ¡Muy bien, *Tim*! ¡Has hecho bien en irte a cazar y regresar justo a tiempo!

–¡Es la hora de la merienda! –exclamó Dick mirando su reloj–. Ha sido una **tarde tranquila, apacible y perezosa.**
¡Y vaya si la he disfrutado!

Si te han gustado estas historias cortas
de Los Cinco, encontrarás mucha más acción
y aventuras en las novelas completas de Los Cinco.
Esta es la lista de los veintiún títulos: